Penitence Del 3

Bertil Kleine

Penitence Del 3

Till

Folke   Iris   Judith   Noel

ÖVERLEVARNA/1

En positiv sak med sjukhusvistelsen var inte bara vården vid infarkten. Han fick också hjälp med sina tarmproblem som oroat till och från. En dietist hade talat om för honom vad han skulle äta och dricka. Någonstans tvivlade han dock på att strikt kunna hålla sig till det programmet.«Ja, det var ju upp till honom om han ville ha en fungerande mage.« Dietisten log men såg inte glad ut. Han tänkte inte särskilt ofta på händelsen där i Lenas lägenhet, mycket beroende på att han faktiskt inte kom ihåg så mycket. En sak kom han ihåg. Han skulle bre sig en smörgås. Det kom han ihåg, däremot inte det som polisen senare informerade om. Serpento hade väntat utanför dörren till Lenas lägenhet. Om det nu var så? Varför hade Serpento inte dödat honom? Polisen sa, att det antagligen berodde på tidsbrist. Sjukvårdarna från ambulansenheten hade stött ihop med honom i porten och han fick kanske panik. Enligt en av sjukvårdarna såg personen ut att inte riktigt vara vid sina sinnen. Han dreglade och hade konstiga ljud för sig, ömsom stönande, ömsom gnisslande tänder. »Verkade tokig helt enkelt«!

Don var i alla fall tacksam för att ha överlevt. Det kändes rättvist, men vad är rättvisa egentligen? Han visste inte och ville heller inte tänka på det. Samvetet gnagde ibland fast han ibland raljerade »Mitt samvete blev en gång så sjukt så det dog. Sen dess har jag inte haft något ont av det.« Visst kunde man skämta ibland, men det där stämde egentligen inte något vidare bra med hans verklighet.

Guido Greco hade lyckats ta sig tillbaka till Italien och Rom. Han hade vid några tillfällen försökt få till ett möte med sina gamla arbetsgivare. Han skämdes inte. Han hade varit utsatt för exceptionell otur och han ville gärna förklara sig. Någon hade till slut brytt sig och han träffade nu en av bossarna, Mr Yves, för en genomgång av något som mer liknade en militär operation än ett vanligt beställningsmord. Enligt Yves hade han fördelen av att han hade varit på plats tidigare och hittade bra . Det som talade emot var hans utseende. Polisen i Sverige hade koll på honom. Han skulle inte kunna slinka under nätet på en sån liten ort utan att märkas. För att förhindra detta föreslog Yves ett kirurgiskt ingrepp tillsammans med en ny identitet. Serpento nappade lite ovilligt kan tyckas men han hade ju sen tidigare sin beskärda del av sjukhusbesök. Han blev ändå glad att de frågade honom. Han skulle få en ny chans att revanschera sig. Sålunda blev han inlagd på en mindre klinik i Schweiz.

Det snålades inte vad det gällde hans nya image. Operation och uppehälle stod organisationen för. Dagliga lektioner i engelska var ett krav. Det gick knackigt men det gick ändå framåt. Ett individuellt träningsprogram med en personlig tränare borgade för det fysiska. Under sin lediga tid var han uppmanad att bl a läsa för att hålla hjärnan alert. Det var ett helt nytt område för honom men inte helt oangemänt. Han fick mycket tid att tänka och ofta hamnade han i den bekanta återvändsgränden. Varför hade han inte mördat Don? när han kunde, där i trapphuset. Han hade åkt fast men vad spelade det för roll egentligen. Don hade varit borta från jordens yta för alltid. Vad hade hindrat honom? Var han feg? Nej, det var omgivningen, mörkret, kylan och människorna runt honom som hade förvirrat. Vad talade för att det skulle gå bra nästa gång? Det visste han inte men han kände sig helt övertygad om att det skulle bli framgångsrikt. Yves hade planerat mars som lämplig tidpunkt för start av operationen.

Infarkten hade skakat om honom ordentligt men det var inget mot vad Gina gjorde när hon kom på besök med sin nya fästman. Det var ett bekant ansikte. Bo Alm hade räddat livet på honom och även hjälpt till med att packa in Serpento i bagageluckan, den gången uppe vid Näs. Nu var Bo alltså Ginas nya fästman. Det var lite svårsmält och han misstänkte att hon nog skulle få problem med den blonda vikingen. I och för sig hade han inga heta känslor kvar för henne men ett visst mått av svartsjuka smög sig ändå in. Han bestämde sig för att jobba bort den känslan. Han tackade Bo för hjälpen, de handskakade en stund och flinade bägge åt det absurda i situationen. Bo som genomgått en förändring de sista månaderna var glad över att träffa Don igen men hade inte så mycket att säga av språkliga orsaker. Engelskan var bedrövlig. Hans fasta handslag påminde ändå om den atlet han var. Gina skulle nog inte behöva någon vakthund eller livvakt i fortsättningen.

Ekonomin kom på tal. Don ville sälja samtliga klockar i samlingen. Han undrade också hur Gina skulle klara sig ekonomiskt? Tänkte hon stanna i Sverige? Jo, hon skulle stanna. Hon hade fått ett nytt liv.. Här hade hon barn, barnbarn och en man, så varför skulle hon lämna det? Det skulle vara idiotiskt. Vad det gällde arbete kunde väl det också planeras in på sikt. Hon var inte rädd för att ta i när det gällde. Det hade hon visat förr. Hur ska du själv försörja dig? undrade hon. Don berättade då om hur han hade levt med Ziaas bror i Provence, en tid som han mindes med glädje. Att få arbeta med kroppen var en positiv upptäckt han gjort under den perioden. Om han kunde hitta något liknande här kunde kanske det vara en lösning som passade honom bra. Han var i alla fall inte rädd för kroppsarbete trots sin ålder. I hemlighet tänkte han sig kanske en lite lugnare tillvaro på något biblioteket eller liknande. Kanske en förtidspension.

Lena, Leonardo och Lill-Leo hade flyttat hem igen och Gina hade flyttat in till Bo. Var han själv skulle husera var ännu inte planerat. Han hade ändå insett att för hans del var resandet klart och han hoppades innerligt att organisationen skulle lämna honom och hans familj i fred. Han lämnade sjukhuset vid gott mod.

De sista dagarna i februari bjöd på töväder och man kunde ana en tidig vår? Trots slasket log folk mot varandra i den bleka solen som var så efterlängtad. Nyheten om att Bo och Gina blivit ett par nådde även poliserna på orten. Hansson var försiktigt optimistisk. Om Gina kunde få lite koll på Bo kanske han hade »busat« klart i länet. Vid polisens sista besök var det lilla torpet välstädat och det syntes inte en skymt av någon apparat för tillverkning av rusdrycker. Så långt gott och väl. Hult hade emellertid fått ett oroande tips från kollegorna på Interpool. Nu hade han sammankallat till extra möte angående inkomna uppgifter om att, »organisationen« inte riktigt var klara med Don Stefano Stacci. Det innebar förstås att även allmänheten var utsatt. Hult var allvarligt oroad och ville höra kollegornas åsikt. En hel del förslag kom upp som kameraövervakning, vilket krävde tillstånd av länstyrelsen. Mer folk, ytterligare tjänster var också ett krav som Rikspolisen emellertid skulle visa sig kallsinniga till. Det hela slutade med att Mona sprang ner på konditoriet och köpte bullar. Man behövde göra upp ett kaffeschema vilket också kändes viktigt. Inte för att alla kollegor kunde ses och fika varje dag på grund av skiftarbetet men man ville ändå att möjligheten skulle finnas.

Andra icke polisiära nyheter diskuterades också, bland annat den gamla uraffären som fortfarande var till salu. Det fanns några intressenter och i kön stod även Don. Vad han skulle använda lokalen till var fortfarande ett frågetecken. Kanske med import/export som han ändå på något sätt hade jobbat med tidigare. Det var han själv som kom på ide'n när han upptäckte att Ziaa lämnat affären för att flytta tillbaka till Italien. Han kanske också ville vårda minnet och vad de hade haft tillsammans? De hade ju trots allt tyckt om varandra. Nu sökte han ett annat liv. Det var kanske i sista minuten och frågan var om han hade den »minuten« på sig?

Erik/4

Platsen var vald med omsorg. Den skulle ligga högt upp och det skulle vara fritt från störande ljus, öppet åt alla väderstreck. Erik och Ola hade satsat sina sparpengar på ett teleskop eller en stjärnkikare som de hellre kallade tingesten. En del virke hade forslats genom skogen. Ola ville bygga en plattform eller en bas för observatoriet med möjlighet till ett tak av kanvas. Om det regnade var det i och för sig inte riktigt läge för observationer men det kunde vara skönt att skydda sig från lokala skurar om man satt länge i gömslet. Ja, det var ett gömsle likafullt. Ola hade någon ide att man även kunde studera vilda djur därifrån. Mars kom och med den en försmak av våren, lite tidigare än vanligt. Observationerna började och vädret lovade mer sol än regn. Redan första kvällen vid teleskopet öppnade sig en ny värld. De kunde se tusentals stjärnor med blotta ögat. Med hjälp av stjärnkartan de hade med sig kunde de även identifiera, Venus, Jupiter och Uranus. Aftonstjärnan visade sig vara planeten Venus, även kallad morgonstjärnan. Dom var ivriga och lärde sig något nytt varje dag. Astronomin är en vetenskap där amatörer aktivt deltar och i bland bidrar vetenskapligt. De flesta nöjer sig dock med att titta på natthimlen för att få njuta av stjärnhimlens. En mer intresserad grupp anordnar träffar och studerar himlen. Ett fåtal gör observationer av vetenskapligt värde och till och med spännande upptäckter. Den biten tyckte Ola om. Han ville att de skulle bli mer proffsiga i sin undersökning av stjärnhimlen. Att få med Erik på den resan var inga problem. Även han hade upptäckt och fascinerats. Det var ett entusiastiskt par som vecklade upp de medhavda korvsmörgåsarna och drack den nu, nästan varma chokladen. De bestämde att de skulle försöka spara ihop till en bra kamera för att föreviga viktiga objekt. Erik nämnde att hans pappa hade en fin kamera de kanske kunde få låna om de lovade att vara försiktiga. De gratulerade varandra till den här fantastiska ide´n om utforskning av rymden som egentligen var Olas. Han bjöd gärna på den, men stolt var han. Det kvällades och kylan kom smygande. Den sista chokladen var uppdrucken och skvätten som fanns kvar i kåsan hade en hinna av is. Erik började packa ihop så smått. Han tyckte det kunde vara bra för idag. Ola muttrade men kände även han av kylan. De var precis på väg att gå hem när det hörde ljudet av ett flygplan. De tittade upp mot himlen. Ett litet nedsläckt plan flög över dom. Någon eller något föll, eller dumpades från planet. En fallskärm föll, försvann bakom trädkronorna och lämnade pojkarna gapandes som två fågelholkar.

Goran var andra generationens invandrare i Tyskland och upptäckte att man inte behövde bemöda sig särskilt mycket om man var inställd på att jobba lite alternativt. Goran hade en alternativ affärs ide,´ bra kontakter på Balkan och det var egentligen allt som behövdes. En kusin, Dragan, levererade i långtradare och ibland via »mulor« som var personer som i sista minuten fått ett paket att leverera mot betalning eller var helt ovetande om att man bar något som inte var ens eget.

Eftersom »mulan« aldrig rörde narkotikan fanns inga fysiska spår av den och därmed kunde man hävda att man varit utsatt för en komplott om man skulle bli stoppad i tullen. Goran hade sysslat med hasch tidigare men nu bytt artikel. Nu var det 33 cl Coca Cola burkar, identiska med originalet. Innehållet var förstås inte någon dryck. Burkarna kunde lätt förväxlas med äkta vara. Både fördelar och nackdelar i sammanhanget. Han hade en kontakt i Sverige som tog emot varan och fördelade burkarna till olika kontakter i mellansverige. En av lastbilarna fastnade oturligt nog i tullen den sista resan . Det blev lite panik eftersom kontakten hade betalat varan i förskott. Goda råd var nu dyra och han var tvungen att använda sig av ett annat transportsätt för att inte hamna i skuld. Det skulle inte vara nyttigt, speciellt inte med de här personernas renommé. En nära kompis hade en Cessna. Dragan funderade en stund och ringde sedan upp honom. Efter lite smicker och löfte om cash samt eventuella framtida inkomstbringande affärer ställde piloten upp på att genomföra leveransen.

Väl ute på flygplatsen kom han med ett krav. Goran skulle flyga med som »dumpare«och navigeringshjälp. Goran hade en telefon av modernaste sort, där även en gps fanns bland finesserna. Gorans krävde att få en egen fallskärm. Han var flygrädd, något han inte ville skylta med.. Piloten, skrattade gott. » Visst ska du få en egen skärm, inga problem »Det är bäst du sätter på den också . Någon hjälm finns inte men det går väl bra«? Piloten fortsatte skratta medan de taxade ut på runway.

Sent på dagen var det och Yves hade inte hunnit med lunchen. Orsaken var att han fastnat i tankarna om Serpento och hans uppdrag att likvidera Don. Det som störde var Serpento. Var han egentligen rätt man för det här jobbet? Det var tveksamt, men något alternativ hade inte dykt upp och nu var hjulet i rullning. Han rös till av obehag och skakade på huvudet. Till slut lämnade han rummet och gick ner till pizzerian för ett akut möte och en sen lunch. Trafiken var som vanligt intensiv och Roms trottoarer var fyllda av folk på väg till affärer, krogar och evenemang. Han var alltså inte ensam men just därför kändes det trivsamt att vandra där. Jo, det var hans stad, så välbekant, med alla minnen från en svunnen tid. Inte för att han var intresserad av statyer och ruiner men de tillhörde också livet där. Längst in i pizzerian satt en av hans kontakter i organisationen, en man med intetsägande utseende men med total kontroll över transporterna med droger, allt ifrån hasch till heroin. Han såg bister ut men log efter en stund när pizzorna serverats och avnjutits. De talade om verksamheten som gick bra förutom ett mindre problem, därav detta möte. Man hade fått konkurrens som i och för sig inte var ovanligt. Det fanns många aktörer som ville ha en bit av kakan, men i det här fallet var det inte i Italien som problemet låg. Någon eller några, kanske en grupp hade enligt rykten startat nyligen med en helt ny affärsmetod, vilket på sikt riskerade att slå hårt mot Organisationen. Varan det handlade om var kokain, en produkt som snabbt börjat växa i popularitet. Gruppen eller personerna hade sitt säte någonstans på Balkan. Yves fick informationen och bestämde sig för att delegera problemet vidare till lämplig instans. De skildes åt efter var sin espresso som var mycket smakfull.

Han speglade sig en lång stund och kunde knappt tro på vad han såg. Ett brunbränt ansikte med markerad käklinje, rak näsa, maskulina läppar, fina tänder och blå ögon. Han såg faktiskt riktigt bra ut och det enda som påminde om hans riktiga jag var håret som visserligen var välfriserat men med samma dystra ton som tidigare. Det var dags för honom att lämna Schweiz och ta sig an uppdraget som han var tilldelad. Yves hade skickat fram en bil som väntade vid ingången till hotellet. Om han hoppats på en limo hade han blivit besviken men det gjorde han inte och den lilla Fiat som stod parkerad utanför var han väl bekant med. Ett tag undrade han om de skickat fram den för att testa honom. Det var nämligen den modellen han hyrt tidigare i Sverige och där han slutligen stuvats in i bagageluckan och dumpats i en flod. Han gnisslade inte tänder, svettades inte, han var helt lugn. Om det var ett test hade han klarat det bra. Chauffören öppnade en bakdörr och gav tecken att han skulle sätta sig. På baksätet låg en dokumentportfölj som visade sig vara olåst. Bilen rullade långsamt iväg medan han undersökte innehållet i portföljen. Ett pass, en plånbok och en flygbiljett. Det var allt. Han blev lite snopen men chauffören sa att det fanns en väska i bagageluckan och det lugnade lite. Flygbiljetten var utställd på en herr Bruno Ricci och destinationen var Arlanda i Sverige. Han smakade på namnet Bruno och fann att det passade honom bra. Även Ricci fann han tilltalande, kanske för att en av hans klasskamrater hette så.

Det regnade hela vägen ut till flygplatsen och på slutet, långa köer på grund av en olycka. Han var glad när han till slut lämnade bilen och hastade in i ankomsthallen. Han strök sig i håret och konstaterade att det bara var lite fuktigt, inte blött, vilket var glädjande. Frisyren var intakt. Det kändes viktigt. Han blev ännu gladare när han upptäckte att flygvärdinnan bakom disken gav honom ett stort leende som han givetvis besvarade. Var det hans nya utseende som lockade eller bara ett standardleende alla kunder fick? Efter en relativt kort händelselös flygtur landade planet i ett lätt snöfall. En hel del italienska turister var med på planet och Serpento tog rygg på en äldre dam som han följde mot passkontrollen som passerades utan problem. Otroligt! Han blev inte igenkänd. Identiteten var perfekt. Han skyndade på sina steg och var snart ute i ankomsthallen.. Glad nästan lite uppspelt gick han fram till Avis där han hyrde en svart Toyota av en vänlig ung man. Allt hade gått problemfritt. Det var dags att meddela Italien att han var på plats. Ingen svarade på hans sms, men så var det bestämt. Han log när han rullade ut på vägen mot ett hotellrum i Uppsala som var bokat i förväg. På hans visitkort stog det »Bruno Ricci« Journalist/Corriere della Sera, Via Campania 59 C, Roma Italien.

De packade ihop i hast. De gick i riktningen där de trodde fallskärmen landat, först snabbt sedan långsammare när mörkret och trädens grenar hindrade deras framfart. När de gått eller snarare snubblat över en liten ås fick de syn på en lampa som plötsligt släcktes. De stannade till och tittade oroligt på varandra. Tanken att dom inte var ensamma därute var inte tilltalande och de backade långsamt bakåt under viskningar. Utan att stanna en sekund längre begav de sig mot sina mopeder utan att vända på huvudena. De var först när de kommit hem som de upptäckte att det dyra teleskopet hade blivit kvar i skogen. Att återvända var i det här läget uteslutet. De visste inte vad som väntade och vilka som varit och kanske fortfarande var kvar därute i mörkret. Erik ville att de skulle gå till polisen medan Ola som var mer äventyrlig tyckte de skulle återvända i morgon på dan och göra en undersökning av området och speciellt då platsen där de trodde fallskärmen landat. Teleskopet skulle säkert klara sig en natt utomhus. Erik föll som så många gånger tidigare till föga och de skiljdes åt efter att bestämt att de skulle ses tidigt nästa dag för att kontrollera och genomsöka området där de trodde fallskärmen landat.

En last av 12 Coca Cola burkar skulle dumpas.De var lite oense om navigeringen. Enligt piloten var de på rätt ställe men Gorans gps, sa något annat. Han litade i alla fall på piloten och tog fram lådan med burkarna. Han knäppte upp säkerhetsbältet, masade sig närmare dörren för att hiva ut kartongen genom fönstret då dörrlåset plötsligt gick upp och han befann sig i fria luften med armarna runt lasten. Han skrek inte konstigt nog. Vem som helst skulle annars gjort det. Tur i oturen för Goran var att utlösningen till fallskärmen fastnat i dörren. Fallskärmen vecklades ut och han landade i en snödriva utan att bryta några ben. Han var i chock och satt länge helt passiv i snön. De skulle finnas folk på platsen men här var bara skog och inte en levande varelse syntes till. Piloten var uppenbarligen en klant och hade navigerat totalt fel. Så var det. Att han inte hade fattat det. Sättet han hade skrattat åt Gorans begäran om fallskärm. Nå, tack vare det beslutet levde han. »Jävla idiot«! Han krånglade av sig fallskärmen och tittade sig omkring. Uttrycket »in the middle of nowhere« var mycket passande. Det var kallt och han var inte klädd, telefonen verkade först fungera men han upptäckte sen att han inte fick någon ton. Goran var inte född i farstun och van vid de flesta situationerna men det här gick över hans förmåga. Det var bara att erkänna. Lådan med Coca Cola hade klarat sig antagligen på grund av snödjupet och eftersom den var viktig började han gräva en grop i snön. Månskenet var till stor hjälp i den övrigt svarta natten. Det var 7 grader kallt och han hade fått snö i sina sneakers. Han virade fallskärmen omkring och sjönk ihop i snön med ett stön. Måste vila lite, tänkte han. Värmen från fallskärmen var mest inbillad. Någon mil därifrån gjorde en Cessna ett misslyckat landningsförsök på en sjö där isen var för tunn för att bära.

Vädret hade återgått till vinter ett par dagar.Ola och Erik hann aldrig åka upp dagen efter för att hämta sitt teleskop. Skolan och lite annat kom emellan men på fredagseftermiddagen tänkte de åka upp trots ett lätt snöfall.. De slutade skolan klockan 13 och beräknade att de skulle hinna fram och tillbaka innan det blev för mörkt. De tog sina ryggsäckar och hade även brett ett par smörgåsar, tagit med lite choklad i en termos, så de var taggade.. Väl klädda med lovikavantar och kängor startade färden. Strax innan Näs stötte de ihop med en av poliserna på orten. Hansson stod vid vägkanten och pratade med en bärgare om ett fordon som kört för fort i halkan och krockat mot ett träd. Hansson tittade upp och visade med händerna att de skulle ta det lugnt. Det var mycket halt på platsen. De nickade och drog ner lite på farten fast de bara körde i 30 km/tim. De tyckte för övrigt att de inte hade några problem att köra i halkan. De var ofta ute och körde på is när tillfälle gavs. De kom fram utan missöde, parkerade på den vanliga platsen, tog sina ryggsäckar och begav sig upp mot gömslet. Teleskopet stod på platsen där de lämnat det. Efter en smörgås och lite choklad var det dags. Ola tog ledningen som vanligt och Erik följde efter i hasorna. De stannade uppe på åsen där de sett lampan, vilade en stund sen fortsatte de ner bland smågranarna. I en glänta mellan några stora furor fick de syn på ett översnöat bylte. Erik stannade men Ola gick fram för att undersöka vad det var. Han skrek till. »Det ligger någon här«!, sedan vände han på klacken och började springa mot Erik och sedan vidare genom snåren.. De sprang med ryggsäckarna skumpande i en allt snabbare takt upp på åsen,sedan ner, förbi gömslet fram till mopederna där de stannade för att hämta andan. »Var han död«?, sa Erik flåsandes efter luft. »Jag tror det, så verkade det. Han rörde inte på sig i alla fall«, sa Ola och kickade igång moppen.

När han checkade in på stadshotellet upptäckte han att han var väntad. Portiern räckte över ett stort paket inslaget, som en present. »Gratulerar! Ni fyller år idag«, han gjorde en menande gest mot passet som Serpento placerat på disken. Enligt det fyllde han faktiskt år idag. Han nickade och tackade och visade inte med en min att han blivit överraskad. För det var han. Trots att Yves tydligt hade sagt att han skulle plugga in sitt nya födelsenummer och namn. Ytterligare ett test kanske? tänkte han när han tog emot paketet. Han tackade en gång till, fick nycklarna och gick iväg till rummet, nöjd att »engelskan« fungerat så bra. Väl inne ringde han på rumservice och beställde en lättare måltid. Det var bestämt att han skulle visa sig så lite som möjligt och det var på sätt och vis rätt skönt. Den sista tiden hade han haft folk omkring sig mest hela tiden. En knackning på dörren avslöjade att maten kommit. Efteråt packade han upp »presenten«, väl inslagen med wellpapp in till sista lagret. Han visste att Yves skulle förse honom med ett vapen och han hoppades på ett gevär. Den förhoppningen kom dock på skam. I paketet låg ett par, två decimeter långa stålblad som skulle sammanfogas med kolv, sträng, kikarsikte och en mindre fjäder för att spänna mekanismen. Han satt ihop det och placerade det på sängen. Det var ett för tiden mycket modernt armborst med stor genomslagskraft, mycket användbart som mordvapen. Han visste. Han hade tränat på det i Schweiz. Den enda nackdelen var väl att man måste befinna sig närmare offret än om man hade haft gevär. Yves hade väl mest valt det för att det var ett tyst vapen. I kartongen låg 4 skäktor i en midjerem. Skäktorna skulle hanteras varligt. Vid anslag gick en ampull sönder i skäktan och offret förgiftades. Skottet i sig behövde alltså inte vara dödande. Han lyfte vapnet och kände att balansen var utmärkt. Han log men en liten salivdroppe i mungipan vätte. Han torkade irriterat bort den .

Utryckning/12

Hansson och Alfredsson hade det körigt för tillfället. Många avåkningar och mindre kollisioner tog all deras tid. Mona satt ensam på stationen. Hult var på ärende men väntades in någon gång på eftermiddagen. Plötslig rycktes dörren upp och in stormade två upprörda tonåringar .Efter deras berättelse följde hon pojkarna ut till sin bil efter att ha ringt Hult och fått klartecken. Hon larmade även ambulans ifall den här »snömannen« skulle visa sig vara levande. Mona körde i ilfart upp till Näs. Hon lät pojkarna vänta i bilen , trots protester från Ola. Hon var lugn av naturen men nu infann sig ändå ett adrenalinpåslag inte helt oväntat. Efter att ha passerat gömslet och åsen kom hon fram till platsen. Hon tog fram kameran och fotograferade Olas? spår som gick fram och åter. Mannen som hon bedömde vara i 40-årsåldern var död det rådde ingen tvekan om det. Utseendet var europeiskt. Han hade något virat runt kroppen och det visade sig vara en fallskärm, precis som Ola berättat. Någon legitimation hittade hon inte. Han var klädd i jeans, skjorta, kavaj och på fötterna hade han sneakers. Klädsel och skor var inte någon bra kombination den här årstiden på den här breddgraden. Frågan var då varför han hade hoppat? Eller blivit tvingad att hoppa? Frågan om hans identitet, lämnade hon över till forensiska avdelningen. Efter ett kort samtal till Hult plus ytterligare fotografering och ett fingeravtryck, mötte hon upp ambulanskillarna som svettiga och surmulna kom släpandes på en bår. När de stånkande och svärandes hade avlägsnat sig stod hon kvar en stund och funderade på den döde. Han hade antagligen somnat.... Ibland händer det att personer som håller på att frysa ihjäl tar av sig kläderna men så var det tydligen inte i det här fallet I snön där han legat låg just snö och fast hon tog en gren från en tall och sopade försiktig, hittade hon först inget av värde. Efter ytterligare några svep med ruskan dök en mobiltelefon upp och hon kunde inte låta bli att ropa, Bingo! Pojkarna satt kvar i bilen när hon kom. Är det här ert? sa hon och överlämnade teleskopet som hon hämtat på tillbakavägen.

Don hade ett samtal om sitt liv med Hansson som tyckte det såg tufft ut för honom. Han berättade om varningarna som kommit från Interpol och även från den italienska polisen. »Saken är den, sa Hansson, att vi kan inte skydda dig och eftersom du har din familj med före detta fru, barnbarn, Lena och Leonardo här, tänkte jag höra hur dina tankar går«? Don satt tyst länge innan han slutligen började tala. »Som jag ser det har ju du och dina kollegor en klar uppgift. Ni ska upprätthålla lag och ordning och det borde ju innefatta mig också, dessutom är jag frikänd både i Sverige och Italien«. Hansson harklade sig…«vänta lite« fortsatte Don.«

»Jo, jag är frikänd, men jag förstår din oro. Du ska få ett förslag på hur vi kan lösa det här, men det kräver inblandning av både myndigheterna, en läkare och en präst. Om det fungerar blir vi av med hotet från mina före detta arbetspartners som du oroar dig över och sen kan vi alla leva i lugn och ro. Det har fungerat tidigare, man kan egentligen säga att det är dödssäkert«. Don log, när han såg Hanssons förvirring. Just då kom Hult in och undrade hur det gick? »Har du pratat med Don om möjligheten till att få en ny identitet och en ny adress«? Han vände sig mot Hansson med en frågande min i ansiktet. »Nja, sa Hansson så långt har vi inte kommit. Men Don själv har ett förslag«. »Låt höra«, sa Hult och sken upp. Don pratade i exakt 10 minuter och de bägge poliserna stirrade i vantro på varandra. »Det går aldrig, sa Hult, dessutom är det olagligt.« Don reste sig på stela ben och lämnade rummet och polisstationen.

Nyheten om den olycksdrabbade fallskärmshopparen spreds, då, inte bara i Sverige. Resten av Europa fick också en inblick i Gorans olycksaliga öde. Egentligen var det inte mycket som framkom i artikeln, men Gorans kusin Dragan förstod plötsligt varför han inte fick kontakt med Goran. Planets försvinnande var även det ett mysterium. Dragan misstänkte piloten. Hade han dumpat Goran och tagit hand om narkotikapartiet? Det var frågan! Dragan härsknade till där han satt. »Han ska fan inte blåsa mig.« Han reste sig hastigt, skällde en stund på sin fru och ringde sedan Miroslav, en annan medlem i » Balkan boys« som för övrigt grundats av Goran. »Bror, packa din väska vi ska resa till Sverige, upp till något jävla ställe som heter Näs. Vi tar din bil till flygplatsen. Du får meddela labbet att vi åker, nu direkt.« Miroslav hummade. »Jag kommer direkt men varför denna brådska, bror?« Dragan, mulnade ... »Det har skitit sig, Goran är död. Helvetes, jävla soppa. Och just nu!«

Journalisterna hade ringt ideligen, angående fallskärmsolyckan uppe vid Näs och Hansson förklarade att det skulle bli en presskonferens inom kort. När visste han inte, av den enkla anledningen att Hult inte berättat det. Han svor tyst när telefonen återigen ringde. Det var en bonde i norra delarna av Näs som berättade att han hittat ett flygplan i sjön nära sin gård. Hansson undrade för sig själv om det var ett skämt men allt efter som samtalet flöt på fattade han att så inte var fallet. »Vi kommer«, sa han och la på luren efter att ha tackat för informationen. Han knackade på hos Alfredsson. »Du, vi ska upp och kolla ett flygplan i en sjö. Vi får larma ambulans och brandkår på vägen dit.« Alfredsson skrattade till. »Är du allvarlig nu, eller?« »Tyvärr allvarlig«, sa Hansson som började ana vad som komma skulle.

En fallskärmsolycka och ett flygplan i en sjö borde höra ihop enligt hans resonemang. Det skulle senare visa sig att det stämde väldig bra. »Bevaka fortet«, kastade han ur sig när de passerade Mona som nickade lätt. Hon satt i samtal med någon som ville klaga på gatubelysningen. Hon suckade och föreslog att de skulle kontakta kommunen.

Han lämnade hotellet med sin väska. På en parkeringsplats utanför stan monterade han ihop vapnet.

Med armborstet i baksätet täckt med en filt rullade Serpento ut ur Uppsala mot Lenas adress. Vägen var snöfri och det var några grader kallt. Han visste inte om Don var där men bestämde sig för att det kunde vara värt att chansa. I bästa fall var Don död om några timmar i sämsta fall kanske ett dygn. Han var i sin beslutsamhet totalt koncentrerad men inte spänd. Han hade lärt sig behärskningens svåra konst, då Yves sagt att det var förutsättningen för framgång. Han log lite när han fick syn på uraffären ett par timmar senare. De väckte obehagliga tankar till liv men även de bemästrade han. Fakrum var att han kände en sorts andlighet, nu när han tänkte på alla dem som gett all tid , pengar och utbildning för detta enda syfte . Att döda Don Stefano Stacci. Han skulle visa att de satsat på rätt person. Han tänkte inte misslyckas. Serpento parkerade bilen utanför Lenas hus, kröp in i baksätet och drog filten över sig efter att ha försäkrat sig att ingen sett honom. Han var beredd på att vänta. Vänta länge.

Efter upplevelsen vid gömslet ville egentlingen ingen av dem fortsätta med observationerna. Erik hade tröttnat men ville inte säga det. För Olas del var det mer rädslan. Skogen hade plötsligt blivit stor, hotfull och skrämmande. Vem vet vad man kunde stöta på där? På grund av detta gick de för ett tag skilda vägar. Ola skapade sin egen detektivbyrå. Han höll till i ett ledigt källarförråd och där satt upp olika lappar med texter som, »stör ej, tillträde förbjudet, kontoret öppet« 18-20. Något besök kom aldrig fast han satt upp lite handskrivna lappar på en meddelande-tavla utanför Konsum. Han hade även satt dit sitt mobilnummer (med mycket små bokstäver) även om det kändes lite vågat. En eftermiddag vid 18.30 ringde i alla fall mobilen och en röst sa, »Is this the detective?«

»Right« sa Ola.

»Good« sa rösten i luren.

»I got a job for you. Lets meet at the library tomorrow at two o`clock. Ola sa ok. Helt upplivad ringde han Erik och berättade att han fått napp på sina utsatta lappar. Erik som sett lapparna var helt övertygad om motsatsen, men eftersom det var som det var erbjöd han sig att skugga mannen efter deras möte. Utmärkt ide', tyckte Ola.

Sjön var av det mindre slaget, mer en tjärn, gränsande till en stor istäckt myr. Hansson kunde förstå att piloten försökt landa där. Det hade antagligen fungerat om han landat direkt på myren. Nu låg planets nos under ytan medan stjärtfenan stack upp. De fick låna en vajer av bonden, eftersom den brandförsvaret hade var för kort. Med vajern kopplad med block till en stor ek började man spela upp planet på torra land. Piloten satt kvar och efter att poliserna sökt igenom hans kläder transporterades han in till bårhuset. Man hittade både flygcert, körkort och en plånbok Namnet på piloten var Hans Schnell och efter en slagning på namnet kunde man konstatera att han inte fanns i polisens register, I alla fall inte i Sverige. Han var obekant. Eftersom Hans var tysk medborgare faxade man iväg en förfrågan till Tyskland, men även där kammade man noll. Undersökningen av flygplanet gav inte mycket, men man skickade i alla fall efter en hund som nosade runt en stund. Den markerade inte på någon plats, så hundföraren kopplade den och återvände hem. Några journalister som dykt upp fick ta del av den knapphändiga informationen. Hansson återvände till stationen tillsammans med Mona och pilotens tillhörigheter. Planet skulle undersökas av en expert från luftfartsmyndigheten senare samma dag.

Ola var där tio i två. Erik likaså men han höll sig inne på småbarns-avdelningen och låtsades gå runt och leta böcker åt ett obefintligt syskon. Han var ensambarn. Ola satt sig på vuxenavdelningen och väntade. Drygt två kom det in en man i medelåldern.

Dragan och Miroslav hade anlänt till orten i går via flyg och hyrbil. Miroslav var hungrig så de hade stannat vid en affär för att handla något att äta. Under tiden tog Dragan en bensträckare och fick syn på meddelande-tavlan som han hastigt ögnade igenom. Inget var förståeligt, utom ordet detektiv som starkt påminde om det engelska ordet detective. Efter att ha druckit lite yogurt och ätit en smörgås visade han lappen för Miroslav. De hade inte planerat för hur det skulle gå till väga, nu när de väl var på plats. Dragan ringde och fick svar av någon som han knappast trodde kunde vara privatdetektiv. Det lät som ett barn och eftersom han hade högtalarfunktionen på lyssnade även Miroslav som vinkade avvärjande för att samtalet skulle avslutas. Dragan fortsatte att prata, för att till sist bestämma tid och plats för ett möte. Han hade fått en ide`.

Ola nalkades lite tveksamt men Dragan drog på med sitt stora leende och sträckte fram handen som Ola artigt tog och skakade en stund. Dragan förklarade att han och en medarbetare var journalister från Ljubjana, utskickade för att forska kring händelsen med den förolyckade fallskärmshopparen. Nu var det så att de, eftersom de var obekanta med området, skulle behöva en guide snarare än en detektiv. Kunde detektiven Ola vara behjälplig med en bra kontakt skulle tidningen naturligtvis stå för eventuella uppkomna kostnader.. Han log frågande. Ola tänkte Bingo! och förklarade att de hade kommit helt rätt. Han inte bara kände till området han hade faktiskt varit den som hittat den förolyckade. »Fantastic«!, var det ord som kom över Dragans läppar.

Don hittade till slut ett boende. Det var kanske inte direkt lyxigt men det var ändå tak över huvudet. Han skulle få hyra ett rum hos Ture/ mopedmannen. Ägodelarna som visserligen var få, låg fortfarande kvar hos Lena och borde hämtas. Trots att det var sent bestämde han sig för att åka dit. Tankarna snurrade i huvudet. Dels var det uraffären, dels besöket hos polisen. Man ville erbjuda en ny identitet och ett nytt boende. Han var väl egentligen inte avig till det förslaget, men det skulle betyda att han inte kunde träffa sin familj inom den närmsta tiden. Det kunde ju röra sig om år eller längre. Om han stannade kvar så skulle organisationen utgöra ett ständigt hot, då inte bara mot honom utan även mot andra i familjen och i samhället. Hans eget förslag hade helt förkastats, vilket inte var så konstigt egentligen. Det här var Sverige, inte Italien. Han körde förbi uraffären som var släckt och nästan framme hos Lena upptäckte han en person som i mörkret promenerade mot huset. Han svängde in bilen som faktiskt var Hanssons och parkerade. En bit längre fram stod en svart Toyota parkerad. Varför stannade han? En känsla bara. Han ville avvakta till personen gått in i huset. Kanske för att han inte hade lust att prata med någon av Lenas grannar. Senare kom han på varför han stannat. Personen som var på väg in i huset haltade. Som jag, tänkte han. Personen tog upp portnycklarna och föll plötsligt till marken. Den svarta Toytan rivstartade och var borta innan Don hade öppnat bildörren. Han gick fram så fort han kunde för att se vad som hänt. Personen kved lite. Blodet pumpade upp ur bröstet. Han försökte dämpa flödet med ett hårt tryck med händerna men det fungerade inte. Han hade inte hört något skott. Det var underligt eftersom skadan verkade vara så omfattande. Personen blödde bokstavligen ihjäl framför hans fötter. Hade han ropat på hjälp eller inte? Han mindes inte. Han var i chock. Till slut fick han fram mobilen och ringde Hansson på det privata nummer han fått tidigare.

Klockan var nästan 23. Ändå hördes det tjo och skratt från stationen. Hansson berättade för Mona om förslaget de fått av Don och Hults reaktion på det.

»Det kommer aldrig att hända.« Så sa han, tror jag.

»Sa han verkligen det«, skrattade Mona.

»Ja, det gick ju ut på att vi skulle låtsasbegrava Don här på vår kyrkogård. Om han var avliden skulle maffian tappa intresset och allt skulle vara frid och fröjd.«

»Iden är väl inte helt tokig egentligen om man bortser från det juridiska och den etiska sidan? »

»Eller vad säger du«? sa Mona och såg tankfull ut.

»Tja«, sa Hansson samtidigt som hans mobil ringde... »När man talar om trollen«..

»står de i farstun« fyllde hon i.

Don var i telefonen...han pratade och Hansson lyssnade.

Han reste sig snabbt och gestikulerade mot tavlan där bilnycklarna fanns.

»Nu är fan lös Mona, larma ambulans, efterlys en svart Toyota, vet ej reg nr, sågs uppe hos Lena för 20 min sedan... okänd man skjuten där. Ta med ditt vapen. Vi åker direkt och du får ringa och väcka Hult om han nu skulle sova vilket är högst troligt. Klockan är 23.59.«

Hansson och Mona var i bilen på mindre tid än en minut. Han körde med blåljus på och hon larmade berörda instanser, hon ringde även Lena för att hindra att hon gick ut från lägenheten, Hansson ville också att hon skulle ringa Don men där fick hon inget svar. Lena svarade och lovade att hålla sig inomhus. När de anlände satt Don och frös ibara skjortan på en bänk brevid porten. »Sätt dig i vår bil, den är varm«, sa Hansson och gick fram till offret som låg orörlig under Dons kavaj.

Dragan hade förklarat för Ola att det var viktigt att det inte »«pratade« för de fanns konkurrenter. Om Dragan och Miroslav var först på plats skulle intervjun bli en succe´ som skulle sändas på alla nyhetskanaler, vilket naturligtvis skulle gynna Ola och även hans kamrat som svansade runt i biblioteket. Dragan pekade på Erik som rodnade men kom fram, anslöt sig och hälsade på de två männen, Jag var också där ville han säga men var lite osäker på vad de pratat om. Ola var i centrum och befann sig på ett moln. Hans »deckarbyrå« hade fått ett superjobb så Erik var inte lika intressant nu. I själva verket funderade han på om Erik skulle få vara med.

Dragan och Miroslav verkade ha bråttom så Erik fick ändå hänga med i bilen. Färden gick mot Näs. De mötte ingen på vägen upp och väl framme gick alla fyra upp i skogen förbi gömslet, upp mot åsen och sedan ner till platsen där Goran hittats. De stannade vid polisens avspärrningstape. Dragan tog fram sin telefon och filmade korta klipp, där Ola fick berätta vad som hänt den här speciella kvällen. Dragan tog upp sin plånbok och drog upp ett par tusen kronor. Han missförstod Olas häpna ansikte och förklarade att det skulle bli mer i sinom tid. De återvände till bilen och pojkarna fick en snabb skjuts tillbaka. En timme senare var männen åter i skogen igen efter att ha joggat hela vägen upp från den parkerade bilen. Den här gången hade de inte bråttom. Båda två lyfte polisens avspärrningstape och kröp under den, började sedan undersöka platsen.

Personen förklarades avliden av en läkare som kommit till platsen i taxi. Dödsorsaken var en skottskada i ryggen, med utgångshål i bröstet. Den hade orsakat en massiv blödning och hans död. Läkaren var sur efter att ha bli väckt så sent. Han bad poliserna om skjuts hem vilket de tyvärr inte kunde på grund av brottsplatsundersökningen. Turligt nog hade taxin dröjt sig kvar eftersom chauffören tillhörde den nyfikna sorten, sålunda haffade läkaren samma taxi som avlägnade sig motvilligt. Chauffören hade gärna stannat kvar och lyssnat på poliserna. Dessutom verkade det som de eventuellt hade häktat en äldre man som satt ihopsjunken i polisbilen. Blåljusen var i alla fall på. Skyldig, tänkte han och började äntligen färden hem med läkaren som hade börjat misströsta, men var för trött för att protestera mot senfärdigheten. Hansson och Mona följde rutinerna vid dödsfall, fotograferade, tog fingeravtryck och letade efter något som kunde visa vem offret var. Efter en stund kom Lena ut som tröttnat på att vänta på att någon skulle komma in till henne. Hon berättade att det var hennes granne som dödats. Han hette Kristian Pärn och var ett estniskt krigsbarn som hade anlänt till Sverige under kriget med sin mor. Mamman var död sedan länge, han var ogift, utan barn så vitt hon visste. Han brukade ta en kvällspromenad när vädret tillät. Hult anlände och tillsammans med Mona gick de in i Pärns lägenhet. Den var på två rum och kök, spartanskt möblerad med en liten bokhylla med några böcker och ett fotoalbum som Hult gick igenom för att se om det fanns spår till någon anförvant. En sökning i brottsregistret gav inget och när man kontaktade socialen senare kände de inte heller till honom. Som sista steg kontrollerades kronofogden men där fanns han inte heller. Han var tydligen en av de själar som levde ensam utan några sociala kontakter. En sjukjournal hittades ändå. Han hade drabbats av polio på femtitalet. Därav hältan i benet. I fotoalbumet fanns bilder på honom tillsammans med sin mor. Alla fotografierna var tagna i Estland. Mor och son satt framför en stuga. Vem som höll i kameran var obekant. På sista sidan i albumet fanns det bild på en Eskil Pärn i uniform. Under fotot hade någon, antagligen Kristian skrivit. Eskil 1944 och under det, ritat ett kors. Hult och Mona lämnade lägenheten och stod och pratade med Hansson en lång stund. Det var helt uppenbart att

Pärn hade blivit skjuten av misstag. Den verkliga måltavlan var troligen
Don. Både Hansson och Mona tyckte de skulle ta tillfället i akt, om det
nu visade sig så att Pärn inte hade några anförvanter. Hult morrade men
även han kunde förstå fördelarna.«Ni får kolla upp Pärn. Ta kontakt med
Estland först. Vi håller offret anonymt en eller ett par dagar.« Sedan pra-
tade han en stund med Hansson som återvände till Pärns lägenhet där
han lämnade en lapp på köksbordet. Lena hämtade Dons ägodelar som
tillsammans med Don kördes iväg till okänd adress. Hanssons privata
bil fick tjänstgöra som transportmedel. Hon passade på att ta med sig ett
litet paket som hon länge hade tänkt att Don skulle få.

Resan mot Uppsala gick i hög fart. Han hade skickat meddelande till Yves att uppdraget var genomfört och framgångsrikt. Något svar kom inte förrän senare på kvällen. Han parkerade Toyotan slarvigt på en handikapplats efter att ha brutit upp tändningslås och dörren på förarsidan. De sista var lite oroande eftersom ljuden kunde höras av förbipasserande. Nu var det sent och han såg inte någon i närheten. På hotellet ringde han biluthyraren och meddelade på en telefonsvarare att bilen var stulen. Strax efter ringde han polisen i Uppsala av samma anledning. Vakthavande noterade hans namn, bilmodell och registreringsnummer.

Han satt sig på sängen och pustade ut. Känslan av succe var överväldigande. Yves skrev att Serpento skulle ligga lågt några dagar till polisen hade lugnat ner sig. »Öppna en champagneflaska! Det är du värd!« Serpento log, öppnade kylen och tog fram en mini »skumpa.« Han hade verkligen lyckats men det fanns en liten störning. Sonen, Leonardo ingick också i den ursprungliga planeringen. Han skulle avlägsnas, raderas och utplånas, vilket inte Yves hade beordrat men det kunde eventuellt bli en sidovinst. Han tog en klunk ur flaskan och log. Han märkte inte att salivsträngen i mungipan droppade ner på skjortan.

De sista dagarnas snöande gjord att Bo kunde ta skidorna ut för att kolla sina fällor. Hans bestämda rutt fick honom att hamna vid polisens avspärrning och eftersom han var ovetande om fallskärmsolyckan ett par dagar tidigare blev han överraskad och samtidigt nyfiken på vad som hänt i gläntan som inte visade någonting annat än snö. Han lyfte på tejpen och skidade in på området. Om han kom ihåg rätt skulle han ha en snara utsatt just i gläntan. Den syntes inte .Dessutom kanske den var längre upp mot åsen. Han mindes helt enkelt inte. Han skrattade för sig själv. Det var mycket som hade ändrats sen han träffade Gina. Han beslöt sig ändå för att leta för att vara på den säkra sidan. Han tog skidstaven och rörde om i snön. Han stötte på motstånd och sken upp. Förmodligen en hare tänkte han. Det skulle bli en bra middag och Gina skulle laga den på italienskt vis med rödvin och alla de kryddor han själv inte brukade använda. Han spände av sig skidorna för att hämta fångsten som visade sig vara en wellpapplåda fylld med Coca Colaburkar. Lådan som var uppblött gick sönder och några burkar föll ut. Han plockade in burkarna i sin ryggsäck och lämnade den trasiga lådan. En av burkarna låg kvar i snön under lådan men det såg han inte.

Dragan och Miroslav började undersöka platsen och det dröjde inte länge förrän Miroslav hittade resterna av kartongen. När han grävt lite till hittade han en Coca Cola burk. Bägge två satt igång att gräva men gav till slut upp. Dragan svor och tittade på burken. »Nån jävel hann före oss«, sa han . Sedan reste han sig och började vandra runt i terrängen. Under en större gran hittade han skidspår efter någon som hade lämnat området de befann sig i. »Bror! Någon har lämnat spår.« Miroslav kom fram och tittade. På sina ställen var det mycket snö och svårtillgängligt. »Vi behöver utrustning,« konstaterade Dragan. Miroslav såg upp förvirrad. »Vi åker till en sportaffär och köper skidor, det är enda sättet att ta sig fram här.« Miroslav tittade runt en stund och efter det började han gå mot bilen.

»Jag kan inte åka skidor. Aldrig gjort.«

» Inga problem, Bror. Lätt som fan.« På det svarade inte Miroslav, men han tittade skeptiskt på Dragan som för tillfället var lite uppsluppen. Han var van skidåkare och tyckte det skulle bli kul, fast förutsättninga, var lite annorlunda den här gången. Nu var skidorna nödvändiga och det var trots allt ingen nöjestur. Det saknades 11 burkar. Någon hade tagit dom. Troligen inte polisen i alla fall. De hade aldrig lämnat kartongresterna. Det betydde att det fanns någon annan som lagt beslag på burkarna.

De körde mot stan och närmsta sportaffär. Under tiden förklarade Dragan grunderna i skidåkningens ädla konst. Mannen i sportaffären erbjöd Miroslav »snöskor« vilket han tacksamt tog emot. Det skulle sinka farten men det fanns inget val. Miroslav tänkte absolut inte åka skidor.

Taxichauffören kunde inte låta bli, utan ringde en kvällstidning för att berätta vad han sett när han körde läkaren till den där olycka eller mordet. För mord måste det ha varit. Han såg ju blodet. Dagen efter letade han i tidningen för att se vem som blivit mördad men framför allt vem som blivit anhållen. Inget fanns. Inte en bokstav om något mord eller någon anhållan. Reportern på tidningen blev tacksam och lovade återkomma med fakta om vad som hänt. Telefonerna började ringa på polisstationen. Vem var offret? Varför hade inte polisen meddelat vad som hänt? Varför denna tystnad?

Hansson suckade och efter tredje samtalet från olika tidningar var han tvungen att lämna ut namnet efter att ha diskuterat med Hult. De eventuella ideer som polisen haft var nu döda och begravna. Hult lämnade ut namnet Kristian Pärn till en kriminalreporter som även var intresserad av om man hittat någon kula eller hagel, eller vad det nu var? Hansson och Mona hade hittat skäktan. Vapnet var ett armborst därom rådde ingen tvivel. Någon misstänkt hade man inte men fallet var högt prioriterat. Redan kvällstidningarnas löp skapade intresse hos allmänheten. Svarta versaler skrek ut; »VEM ÄR ARMBORSTMÖRDAREN«? Offret är en ostraffad sjukpensionär som troligen förväxlades med en före detta mafioso. Informationen om Don var massiv. Hansson var tvungen att åka ut till Pärns lägenhet och avlägsna lappen han lagt på köksbordet. »Nu blir det en jäkla cirkus«, sa han högt när han lämnade lägenheten.

Kanske var han avundsjuk på Ola men det var inte bara det. Han tyckte det kändes lite underligt med journalisterna de guidat. Var de verkligen journalister? Han trodde inte det och när han sa det till Ola fick han höra att han var, ja, just det, avundsjuk för att Ola kommit på det där med detektivbyrån och att den hade lyckats över förväntan. Han hade fått 2000 kr och skulle få mer enligt vad Dragan sagt sist. Det var ju jätte-konstigt, tyckte Erik. Vad fanns det mer att visa. Skog, snö och träd. Ola trodde kanske att de tyckte det var lite exotiskt här i Sverige men även han började tänka om. Han ansåg ju i alla fall själv att han var klipsk, vilket kanske stämde till en viss del. »Nu vet jag! Vi kollar Dragans mobilnummer, jag har det ju i telefonen eftersom han ringde mig. »Smart«, tyckte Erik och fick den härliga känslan av att han för en gång skull kanske hade rätt som varit misstänksam. De satt en stund och funderade.. Telefonnumret visade sig på displayen. De satt en stund till Ola ringde. Dragan svarade. Det var tyst en stund, sedan frågade Dragan om han hittade bra uppe i Näs och om han hade ett par skidor och kunde använda dem. Han svarade ja på båda frågorna. »Super, sa Dragan. Kan du vara färdig inom ett par timmar så hämtar vi dig och glöm inte skidorna.« Vi ska hälsa på grannar och intervjua dem om den där olyckan. Erik mulnade lite nu, då det verkade som Ola skulle få rätt trots allt i, att de faktiskt var journalister.

Nu var han utsatt för den där oturen igen. Han gick omkring i rummet och väste som en orm. Han var så upprörd att han inte ens märkte att han lät. »Det var väl själva fan också att det alltid skulle bli något fel.« Yves var i alla fall hygglig i telefonen och menade på att personen som dött ändå på sätt och vis var en död man. Just det förstod han inte men släppte tankarna om den döda. Nu skulle han, Bruno/Serpento ta nya tag. Det såg kanske lite dystert ut just nu men »ta dig samman min vän.« Så, sa han och fortsatte med att det skulle komma många nya chanser för det var rörigt i området. Yves hade fått vetskap om det kraschade flygplanet och Gorans död. Han hade dessutom fått reda på att en grupp eller åtminstone två man var där och sökte efter flygplanets last Det var inget han ville blanda sig i för tillfället. Prio ett nu, var Don, inget annat. Den där gruppen som sprang runt i skogen »skulle ändå göra bort sig«. Han avslutade med att Serpento hade fullt förtroende. När han lagt på luren svor han långa eder. Varför i helvete hade han satsat så på Guido,Greco,Bruno,Ricci/Serpento. Nu hade han inget annat val än att låta honom fortsätta jakten på Don. Om det misslyckades skulle han själv framstå i sämre dager. Det vore skit. Det skulle faktiskt inte alls gynna honom. I värsta fall kunde det sänka honom. Han rös till.

De var oroliga. Mordet hade skrämt dem och de visste inte riktigt hur det skulle göra. Det var Don som var målet och så länge han fanns i närheten var de utsatta. Lena och han hade långa samtal om vad de skulle göra. Lill-Leo hade plats på förskolan, Lena jobbade fast på sjukhuset och han hade börjat plugga ekonomi i Uppsala. Hans arbete på lagret var på upphällningen, men mamma Gina hade haft tur och fick hoppa in på ett äldreboende som »timvikarie.« De varken ville eller kunde flytta. Vart skulle de ta vägen? Leonardo som inte hade särskilt mycket kontakt med den lokala polisen beslöt sig ändå för att cykla ner till stationen. Lenas pappa, hans svärfar hade kanske något bra förslag. Han undrade också var Don var någonstans. Efter en stund ångrade han att han tagit cykeln. Det var det långt och det var moddigt. Här och där fick han leda cykeln genom snöhögarna. Väl framme fann han bara Mona som satt i receptionen och talade i telefon. Hon vinkade att han skulle sätta sig ner och vänta vilket han gjorde men han orkade bara sitta några minuter. Han var nervös. Leonardo gick ut till cykeln igen, sparkade på kedjeskyddet för att snön skulle ramla av. Plötsligt kände han sig iakttagen. Det var mörkt men han kunde ändå se en gestalt som var vänd åt hans håll. Foten fastnade i trampan och han böjde sig ner för att göra loss den. När han kikade upp igen var det tomt.

Miroslav var på dåligt humör. Det var krångligare att gå i snöskor än vad killen sagt i affären. Det gick långsamt och trögt. På vissa ställen sjönk han ner, på andra bar det. Dragan däremot for fram som en tosing. Då och då gjorde han ett lappkast, återvände till Miroslav och peppade honom att fortsätta. De följde ett skidspår som här och där var synligt. Ola hade inga problem att hänga med i spåret, mycket på grund av att Miroslav bromsade upp det hela. Efter en halvtimme vände Miroslav och började gå tillbaka mot bilen. Alla övertalningsförsök var meningslösa. Han hade bestämt sig. Ola förstod inte riktigt den högljudda dialogen eftersom den var på serbiska men att känslorna var heta hörde han. Det hela slutade med att Miroslav slängde iväg snöskorna. Ola och Dragan fortsatte framåt, nu i lite högre tempo. Efter en timme skymtade de ett rött mindre torp. På turen dit hade de korsat en liten skogsväg som tydligen hade förbindelse med torpet vilket Dragan tyckte var bra. Det betydde att man kunde ta bilen dit vilket skulle förenkla det hela då han gärna ville ha med Miroslav. De skidade tillbaka till Miroslav som nu var på avsevärt bättre humör. Efter en kort diskussion körde de hem med Ola och tackade för hjälpen. De lämnade honom vid Konsum och försvann återigen bort mot Näs. En sedel på 1000 kronor stoppade Dragan in under hans toppluva innan de försvann.

Bo hade sett dom. Ola kände han igen men den andra lufsen hade han inget minne av. Han anade vad som skulle komma, det var högst sannolikt. Han hade lagt beslag på något som inte var hans. Det verkade vara en rimlig förklaring till att det plötsligt dök upp främlingar i skogen. Olas roll i det hela var mer mystifik men det skulle väl komma en förklaring till det också. Plötsligt försvann de ur sikte och Bo bestämde sig för att gardera sig om de nu skulle komma tillbaka. Burkarna låg i säkert förvar. Han hade öppnat en för att svalka sig lite, men ur burken rann ett vitt pulver som han inte ville befatta sig med. Han kände ju till droger, då särskilt alkohol, men efter att ha träffat Gina hade han så att säga fått nya intressen. Burkarna tänkte han frakta till polisen när det hade lugnat ner sig och den där mördaren åkt fast. Han misstänkte att de var rätt upptagna både Hansson och Mona...vad hette den tredje? Han tänkte länge, men minnet svek. Han gick ut i vedboden där han rumsterade om en stund. Till slut hittade han björnsaxen som han var väl bekant med. Kan funka, tänkte han och spände saxen. Nu gällde det att hitta en bra plats för den, utan att han eller Gina skulle riskera att kliva i den. Han skrattade åt minnet. Ett ärr syntes fortfarande på vadbenet.

De hittade en svart Toyota som var stöldanmäld. Någon hade tydligen kört runt i den ett tag och sedan lämnat den. Bilen tillhörde en hyrbilfirma och det var ju inte så vanligt att de blev stulna. De hade ju i regel en dekal på sidan eller i fönstret som talade om vilket företag som ägde den. I det här fallet hade den varit hyrd av en journalist som anmält den stulen. Det som fångade Hansson intresse var ju att den här journalisten, Bruno Ricci råkade vara från Italien. Han pratade en stund med Hult sen ringde han Avis på Arlanda och frågade om det var deras bil som stulits. Det stämde, vilket i sin tur kunde betyda lite allt möjligt. Han bad Alfredsson ringa runt till de fem största hotellen i Uppsala. Själv tänkte han ringa mindre hotel och motell. Alfredsson fick napp redan på andra samtalet. Det fanns en Bruno Ricci på Stadshotellet. Han hade bott där några dagar och hade inte checkat ut än. Hansson avslutade sitt samtal, hämtade nycklarna på anslagstavlan och knackade på hos Hult. Denne, som nyss varit i kontakt med polisen i Uppsala, sa att de gärna överlät akuta jobb. De var för tillfället korta på personal. Hult nickade som svar på Hanssons fråga som egentligen aldrig blev ställd. De var på väg mot Uppsala på mindre tid än tre minuter. »Nå, nu ska vi se vad det är för en italiensk pajsare vi har att göra med.«

»Ja du har har ju lite erfarenhet av människor från den nationen«, menade Alfredsson och tänkte på Leonardo, svärsonen.

»Så riktigt, sa Hansson som mer tänkte på Don och taxi-incidenten. Han skrattade högt. »Vet du att Don stoppade min taxi i Palermo och låtsades vara polis«?

»Nej, det har du aldrig berättat.«

»Så här var det...«

Lena körde iväg med Don till stationen där Hult väntade. Sen ställdes kosan mot ett före detta vandrarhem några mil väster om Näs. Socialen använde ibland stället som nu stod tomt förutom en vaktmästare som skötte underhållet på deltid. Don blev visad till ett rum med en våningssäng, ett litet bord och en stol. Han valde den nedre sängen. Lyfte in sitt bagage i en garderob och följde med vaktmästaren som skulle visa var kök och badrum fanns. Anläggningen hade nyligen använts som mottagning för asylsökande flyktingar från Bosnien men de var nu utplacerade runt om i länet. Kylskåpet visade sig vara i det närmsta tomt men efter att vaktmästaren varit in i frysen som stod i ett annat (låsbart) rum, kom han med en kasse frysvaror som travades in i kylskåpet. Lena började bädda åt Don men han avbröt henne ..«I do«, sa han. Hon gick ut till bilen och han följde med henne. På gårdsplan fanns det ett bord och några stolar. Han sopade bort snön från en av stolarna och satt sig ner. En bit bort fanns ett fågelbord där några talgoxar samlats. Plötsligt kom en fågel med illrött bröst fram och anslöt. Han kom inte ihåg vad den hette men den var så vacker. Han satt länge och betraktade den och märkte inte Lenas klapp på axeln och asken hon höll i . » Ciuffolotto«, plötsligt kom ordet från ingenstans. »Jo, vacker är du men du har ingen vidare sångröst«. Don reste sig och gick in i baracken med Lena. Hon räckte över asken som han frågande tog emot. »You can open later, its something I want to give you«. Han nickade tankspritt . Hon tog farväl av honom, gick ut till bilen och körde iväg.

Gina svarade på första signalen. Hon hade glada nyheter. Klockorna var sålda så ekonomiskt skulle det inte vara något problem de kommande året. Hon hade också fått ett eventuellt ja från mäklaren om Dons övertagande av uraffären.«Så dags nu«, sa han. Det var nästan som ett hån. Möjligheter till att överta affären fanns ju inte just nu. Han gick in på rummet och satte sig på sängen och öppnade paketet. I asken låg en Rolexklocka i guld. Han kände igen den. Han hade själv gett bort den som present. Men det var, för länge, länge sedan.

På nyheterna varnade man för hårda vindar och ymnigt snöfall. Meteorologen tyckte inte att man skulle vara utomhus. Vare sig till fots eller i bil. Vissa busslinjer ställdes in och skoleleverna fick sluta redan efter lunch, vilket förstås gillades av de flesta. Dragan och Miroslav bekymrade sig dock inte om vädret. De var i full färd med att förbereda ett besök hos en person i ett rött mindre torp upp i Näs. Dragan körde som vanligt och upptäckte att trafiken var ovanligt gles. Det snöade visserligen men det var körbart. Än så länge. De hade rånarluvor och var beväpnade. Det gick märkbart bra ända till de kom fram till den lilla skogsstigen. Bilen körde fast. Trots att Miroslav försökte skjuta på hände inget. De var fast. Hjulen snurrade men de kom ingenstans. Bilen grävde ner sig och var omöjlig att flytta på. De bytte plats vid ratten. Miroslav gasade på men det enda han åstadkom var att han kom åt tutan. »Helvete«, röt Dragan och suckade. Ljudet kanske drunknade i snöfallet? Han slog av tändningen och de började gå i riktning mot platsen där de trodde huset skulle ligga. De var mödosamt och framförallt svårt att se på grund av blåsten och det massiva snöfallet. Stigen de hade vandrat på försvann plötsligt och ersattes av täta buskage med unga granar. När Dragan beslöt att vända var det ändå för sent. Vindriktningen hade vänt och det som tidigare varit sidvind blåste nu rakt framifrån. Detta gjorde, inte helt oväntat, att duon irrade bort sig, i stormen som senare kom att kallas »Gudrun«.

Han anade att Gina och han skulle få sällskap men trodde väl inte att besökarna var så klent begåvade att de gav sig ut i den rådande vädersituationen. Han hade hört biltutan, tittat ut genom fönstret och där någonstans lugnat ner Gina som blivit lite orolig. De tittade ut genom rutan tillsammans och såg inte ens gårdspumpen som låg ett par meter bort. Inom loppet av ett par minuter var det svårt att få upp ytterdörren och björnsaxen han hade haft planer för, lät han ligga ospänd under sängen. Gina undrade om de skulle ringa efter hjälp men Bo tyckte att de kunde få klara sig själva så länge. De var visserligen kriminella men enligt Gina även människor. Bo brydde sig inte först men tyckte de kunde ringa polisen. Hon invände inte utan ringde upp polisstationen där telefonsvararen gick igång.. Vid andra försöket svarade Mona som upplyste om att läget var kaotiskt men hon lovade att återkomma när hon pratat med någon som var ledig.

En hyrbil till var inga problem att hitta. Vapnet la han under en filt i baksätet som tidigare. Efter mycket funderande bestämde han sig för att åka tillbaka till Lenas adress en gång till. Om inte Don var där kanske han hade turen att stöta på Leonardo. Resväskan tog han med sig eftersom han hade bestämt sig för att checka ut från hotellet. Han genomförde betalningen och upptäckte plötsligt att han hade sällskap. Att hans nya identitet var bra visste han, men att det var så bra hade han inte kunnat drömma om. Han kände nämligen igen poliserna. De, däremot verkade inte känna igen honom. Han smilade en aning, men en liten salivsträng letade sig ändå retfullt ner i ena mungipan. De ville ha en pratstund med honom för att klara ut vissa detaljer angående Toyotan han hyrt.

Toyotan stod för närvarande i ett garage hos polisen i Uppsala. Undersökningarna av den hade dragit ut på tiden men nu var den klar. Mona tog emot samtalet från teknikerna som handlade om Toyotan. Hon hann knappt lägga på innan hon ringde Hansson. Det dröjde innan han svarade och när han väl gjorde det verkade han stressad. De hade precis pratat med Bruno Ricci om bilen men inte hittat något alarmerande. »Lyssna nu, sa Mona! Fingeravtrycken i Toyotan kommer från en viss Guido Greco alias Serpento!« Hansson trodde inte sina öron. Överraskningen var total. Vem var då Bruno Ricci? Och var fanns, i så fall Serpento?

Leonardo cyklade tillbaka och på vägen hem stannade han och köpte lite blodpudding i en affär. Han hade lärt sig att tycka om maträtten som även fanns i Italien. »Buristo,« från Toscana, var förstås mer avancerad med många ingredienser men utan lingon till. Den svenska varianten var både billig och god. När han stod i kassan ringde telefonen, men han brydde sig inte om att svara. Lena var på arbetet och Lill-Leo på förskolan så han skulle få äta själv. Telefonen ringde igen. Den här gången svarade han. Det var Hansson som sa till honom att hålla sig inomhus och inte öppna för någon. De skulle även se till att Lena och Lill-Leo blev hämtade. Alfredson skulle även komma förbi under eftermiddagen och lämna lite information. När Leonardo undrade vad som hände berättade Hansson att man inte riktigt hade koll på var Serpento höll hus. Det skrämde egentligen inte men han kom plötsligt att tänka på den gången han hade slagit Serpento med en planka. Det var första gången han brukat våld mot någon och minnet av det fick honom att må dåligt.

Mona ringde för att prata med Bo om burkarna han lämnat in för någon dag sedan . Han svarade men kontakten bröts. Hon ringde igen men ingen svarade. Då bestämde hon sig för att åka upp till Näs. Hansson och Alfredsson var i Uppsala så Hult blev kvar själv i receptionen, för övrigt en plats han brukade hålla sig långt bort ifrån..

Snöandet hade upphört och plogbilarna hade gjort sitt. Resan upp till Näs gick snabbt och säkert. Vädret hade slagit om igen takdropp och snödroppar syntes lite här och var. Det kändes nästan som vår.

Hon kom inte hela vägen upp till stugan. En bil blockerade vägen. Bakhjulen hade sjunkit ner i leran som nådde upp till navkapslarna. Någon hade parkerat där för gott. Det skulle nog behövas en bärgare för att rubba den. Bilen kände hon inte igen, men misstänkte att det var någon bekant till Bo. Gina stod på trappan och vinkade lite när hon närmade sig. Mona tyckte hon såg lite sur ut men hon gick fram och kramade om henne. »Avvertimento« viskade hon i Monas öra när de kramade om varandra. Si,si, sa Mona och gick in i rummet där Bo satt i soffan och såg nollställd ut. Bredvid honom stod en småleende Dragan med en pistol i handen.

Den starka vinden gjorde samtal omöjliga. Dragan tog tag i Miroslav, vände ryggen mot vinden och höll fast honom. I ett uppehåll mellan byarna fick han syn på en stor gran. Han halvt släpade, halvt drog Miroslav med sig och ställde sig in till stammen som gav lite lä. Han visste att de inte skulle gå vidare. De skulle bara gå bort sig än mer. Som det nu var, befann de sig inte så långt från platsen där de gått vilse från början. Nu gällde bara tålamod och en förhoppning att stormen inte skulle bli långvarig, för i så fall, skulle de frysa ihjäl. Miroslav var den som tröttnade först. Han stod med ryggen mot vinden och med Dragan intill sig. Han fick ta största delen av stormens kraft och efter fyra timmar orkade han inte längre.Han sjönk ihop trots Dragans försök att få honom att stå upp. »Bror, jag brinner, hjälp mig«, han drog av sig sin rock och knäppte upp byxorna. Dragan skrek i hans öra men han hörde inte. Ljudet från stormen var för högt. Halvt naken la han sig ner i snön med ett lyckligt leende på läpparna. Dragan tog rocken för att lägga över honom, men den blåste iväg . Han försökte linda Miroslavs byxor runt halsen men det var som benen fick liv i stormen och byxorna boktavligen sprang sin väg »Jävla helvete!

Dragan satt sig tungt i snön bredvid sin fallne kamrat.

När gryningen nalkades hade stormen tappat det mesta av sin kraft. Miroslav levde inte, så var det, men varför i helvete började han ta av sig kläderna? Dragan skakade på huvudet och reste sig, tittade runt åt alla håll. Bara skog. Han försökter erinra sig varifrån de kom.. En klunga små granar fångade hans uppmärksamhet. Där hade de gått, ingen tvekan. Han reste sig och började gå i deras riktning. Bakom granarna skymtade han en liten stuga. Krafterna kom tillbaka och han drog fram sin pistol och osäkrade den.

Bo blev mer än förvånad när han konfronterades med Dragan, men mest irriterad på sig själv över att ha överraskats när han ändå visste att något var på gång. Han log ändå, vilket Dragan tyckte var idiotiskt. »What the fuck is so funny... get the cans here before I shoot You to pieces« »

»Ok, follow me boss«...

Hansson och Alfredsson hade fått något att tänka på. Det var egentligen Hansson avdelning då han oftare nådde resultat. Alfredsson hade ringt Hult som berättat att han var ensam för tillfället. När han fick reda på vems fingeravtryck det var tyckte han förstås att de skulle tagit med den där Bruno Ricci till stationen. Han kanske hade svar på deras frågor. Han stod ju i alla fall som hyrestagare till Toyotan. Hansson förklarade att de släppt honom men fattade på en gång varför Hult ville kolla honom.« Satan vad dum jag är. Klart att vi skulle tagit med honom.«

»Ta ett varv på stan, ni kanske hittar honom.« Hult lät ivrig.

»Vet ni vad han har för bil nu.?«

Eftersom det var obekant skulle man bli tvungen att börja ringa runt till olika biluthyrningar. Det skulle ta tid, så Hult sa att de skulle köra hem och dela på sökandet. Och så blev det. Plötsligt tvärbromsade Hansson.

»Helvete, vi åker tillbaka till Uppsala och kollar den här Brunos rum. Fingeravtryck kanske, om de inte hunnit städa.« Blåljusen slogs på och kollegorna körde mot Uppsala i hög hastighet. Hult flinade lite och ringde sen upp Mona men fick inget svar. Mystifikt, tänkte han samtidigt som en av telefonena ringde i receptionen. På hotellet var det nystädat. Hansson och kollegan fick återvända tomhänta.

De hade helt oplanerat stött ihop vid Konsum. Erik hjälpte till med lite diverse i affären och Ola kom för att handla lite godis. Hans kassa var solid tack vare pengarna han fått av Dragan. De pratade en stund och bägge undrade när intervjun skulle komma på tv. Bägge två var nu säkra på att det verkligen var journalister de träffat.«Eftersom det inte bor särskilt många upp i Näs skulle dom väl intervjua Bo Alm«? Erik kikade under lugg på Ola som nickade.

»Ja det måste det ha varit. Jag har inte sett honom eller Gina på länge. Vi kanske i alla fall borde åka förbi Näs och se om stormen skadat vårt observatorium. Det kanske inte ens är kvar? Allt kanske blåste bort? «Bygget var stabilt så det står nog kvar men jag tycker också att vi åker upp och tittar.»

»Kan du ta ledigt från jobbet, så åker vi direkt?

»Visst, sa Erik, ska bara säga till pappa först. Efter en stund kom han ut lite moloken och berättade att de inte var riktigt klara. Ola hoppade av moppen och följde med in i butiken.

»Jag hjälper gärna till.«

Lena/43

Lena var på bra humör och det hade hon inte varit på länge. Lite pengar hade lagts undan då och då och nu visste hon vad hon skulle använda dom till. En resa skulle vara perfekt just nu. Destinationen var mindre intressant, bara de kom bort från grannskapet. I alla fall till polisen hade gjort sitt .De hade haft långa samtal om vad de skulle göra för att undvika hotet från Organisationen. Nu tänkte hon ge ett bra förslag och hoppades att Leonardo skulle nappa.

Det hade också varit så skönt att lämna tillbaka guldklockan till Don, det var något hon hade tänkt göra väldigt länge. Nu var det gjort. Det gladde henne. Den där klockan spred bara olycka omkring sig. När hon pratade med Leonardo berättade hon inget om klockan. Hon hade ju fått den av honom och han skulle kanske bli ledsen om han fick reda på att hon återlämnat den. Hon berättade i ställe om resan och att hon tyckte det var länge sedan de bjudit på middag.. »Tror du inte pappa skulle bli glad om vi bjöd honom på middag, som på den gamla goda tiden?«

»Absolut bra ide, jag kan laga något italienskt,. Just nu kanske det är svårt. Han är väl upptagen med alla banditer«

»Ja, bara bovarna håller sig borta den dagen.« De är prio ett hos honom, som du vet.«

I stället för att åka till stationen passerade Hansson Lena som berättade om sina planer. Vad det gällde middagen fick den nog vänta. Det var skapt läge nu. Förslaget om att de skulle resa bort var däremot något som gillades.

»Packa nu, så skjutsar jag er vart ni vill.«

»Men vi har ju inte bestämt något resmål pappa«...

»Resmålet heter *bort* och det gäller nu omgående. Jag skojar inte! Vi har en galen mördare med armborst som springer runt i trakterna och vi har ingen koll på vad han är. Lena gick in i sovrummet och hämtade Lill-Leo, packade en väska och ställde sig i hallen brevid Leonardo som gestikulerande, svärandes, packade ytterligare en väska och avslutade med;

»La famiglia e´ pronta«

»Nu åker vi, sa Lena.«

Hansson gick i förväg ner till bilen, där Alfredsson väntade.

»Det här gäller min familj, det är emot reglementet och läget är inte under kontroll så jag har inget val«. Alfredsson nickade kort och lastade in bagaget och familjen i polisbilen.

Dragan/45

Leran hade frusit. Dragan hade inga problem att få loss bilen. I baksätet låg tio Coca-Cola burkar. Gina och Bo satt fängslade med Monas handklovar på golvet där Ginas fängslade arm trätts genom handtaget till ugnsluckan på vedspisen. De kunde röra sig lite, men kom ingenstans. Mobiltelefonerna var beslagtagna och den fasta telefonen var obrukbar eftersom sladden var kapad. Monas tjänstevapen låg i samma kasse som telefonerna. Dragan var i toppform. Den öppnade Colaburken var en del av orsaken. Han var lite vit om näsan men han var på topp. Med Mona som passagerare i baksätet, pistolen i linningen, rivstartade han hyrbilen och körde ut på landsvägen. Han stannade vid en informationstavla och mer eller mindre sparkade ut Mona på vägen. Sjungande fortsatte han till nästa större avtagsväg som ledde mot norr eller rättare sagt nordväst. Efter en timme parkerade han igen och slog sedan det magiska numret, det nummer han mest av allt ville ringa de senaste två dagarna. De numret som bevisade att han klarade allt. Lättnaden när de svarade var obeskrivligt njutbar.

På väg till Näs upptäckte Erik och Ola en person som kom vandrande. De blev inte mindre förvånade över att det var Mona och hon sa att hon behövde en moped omedelbart. Det var akut läge. Ola erbjöd sin, men även mobilen som hon tacksamt tog emot. Hult svarade omedelbart. Där och då fick Erik och Ola svar på vem Dragan verkligen var.

»Han är en gangster och en knarksmugglare. Just nu sitter Bo och Gina fastlåsta med handklovar. Dragans kollega Miroslav finns antagligen någonstans i skogen. Dragan är beväpnad med mitt tjänstevapen och han har även en egen pistol, jag kommer så fort jag kan, har fått låna en moped här av de hyggliga killarna.«

»Lugn i stormen. Jag kommer till dig, sa Hult. Du får lämna mer information senare. Stanna där du är.« Hult avslutade samtalet och Mona klev av moppen. Hon var stressad, och nervös efter kidnappningen vars utgång var oviss. Hon kunde lika gärna ha hamnat i något dike. Dragan var en ytterst otrevlig figur som inte verkade ha några hämningar. Ola och Erik sa att de kunde åka upp till Näs och hjälpa Bo och Gina men det tyckte inte Mona var en bra ide´. Miroslav fanns någonstans och om han levde var det bäst att inte pojkarna var där. Hon och Hult skulle ordna det så fort han kom.

Vart kör man sin familj om den är mordhotad? Det var den frågan Hansson ställde sig nu. Egentligen var det lätt eftersom det bara fanns ett alternativ såvitt han kunde se. Frågan var om det var så klokt? Kanske inte, men så fick det bli. Han körde upp mot vandrarhemmet där Don fanns. Den sista milen började Lill-Leo knorra. Han kände väl på sig att det inte var en vanlig utflykt med familjen. Han blev ändå glad när de till slut kom fram. Farfar stod på gårdsplan med ett stort leende. Leo skyndade sigt ut ur bilen så snabbt de små benen kunde bära, tog ett skutt och hoppade upp i hans famn En fin scen kan man tycka men Hansson var lite orolig. Efter lite snack med Hult blev det bestämt att Alfredsson skulle bli kvar för bevakning och skydd. Stället bedömdes säkert för tillfället. Det var egentligen bara polisen och socialtjänsten som kände till det. Hansson kunde trots allt åka därifrån och känna sig lugn.

Mona var omskakad men på hugget igen. Hult hade bett Uppsala om assistans och fått löfte om vägspärrar. De hade fått reg nummer och alla nödvändiga fakta om bilen Dragan hyrt. Mona hade noterat det i samband med besöket och incidenten hos Bo och Gina. De nalkades huset försiktigt, Hult med dragen pistol. Inne i huset fann de en arg Bo som satt fastlåst med sin Gina. Stämningen lättade när Hult låste upp handbojan och satte på kaffe. Ja, det är nästan så man skulle behöva en »drink«, skämtade Bo men tystnade när han fick onda ögat av Gina. »I joke, fattar du väl«?, sa han och undersökte hennes handled som var alldeles röd efter handbojan. Hult hade många frågor och efter lite fotografering och inhämtande av fingeravtryck gick de ut i grannskapet. De hittade Miroslav under en stor gran. Han hade varit död minst ett dygn. Hult täckte kroppen med en filt som Bo hämtade.

Lite av den gamla irritationen hade kommit tillbaka. Han försökte verkligen tänka som Yves hade lärt honom. Det var inte så lätt som förut. Dessutom rann saliven i mungipan då och då. Han ville inte vara svag. Allra värst var att Yves hört av sig häromdagen. Serpento hade fått order om att avsluta jakten på Don och hans familj och resa hem! Något hade tydligen hänt inom Organisationen som gjorde att Don blev ointressant. Yves nämnde något om en aktör från Balkan som hade börjat synas lite här och där. Väldigt störande. Faktiskt även i Sverige som han kanske sett i tidningen? Nej, han hade inte sett i någon tidning. Han kunde ju inte svenska.

Nej, några utländska tidningar hade han inte heller läst.

Yves påpekade att han hade studerat engelska av just den anledningen.

»För att läsa tidningar«?

Han förstod inte riktigt.

»Skulle han inte döda Don bara? »

Yves suckade i luren...

»Jo, visst, men det finns ibland information som man har nytta av om man har ett uppdrag av den karaktär som du hade.

»Hade?«

»Ja du har inte det uppdraget längre.«

Yves ton var hård och främmande.

»Lyssna nu så ska jag berätta vad du ska göra innan du åker hem?«

Serpento lyssnade.

Han lyssnade som han aldrig gjort förr. Han till och med gjorde stödanteckningar fast Yves hade sagt att man aldrig skriver ner sina planering.

Han lyssnade och häpnade.

Han hade fått ett nytt uppdrag

Hansson, Mona och Hult satt vid kaffekopparna. För tillfället var det lugnt. Att leta efter Serpento kändes hopplöst och vad det gällde Dragan hade polisen i Uppsala upprättat vägspärrar. Man hade kontinuerlig kontakt med Don och familjen på vandrarhemmet och Alfredsson var på plats som sagt. På eftermiddagen kom Erik och Ola in för en fråga om ekonomi. Hansson tog emot och efter en stunds tystnad undrade han om de inte skulle kontakta skatteverket i stället för polisen om det nu gällde ekonomi. Ola nickade men sa att det var lite polisiärt också och så berättade han om pengarna han fått av Dragan. Det var sammanlagt 3000 kr men då trodde ju vi att han var journalist.

»Inte jag« sa Erik .

»Trodde du visst«!

»Ja,ja, sa Hansson och avbröt disputen. Jag ska fatta mig kort. Pengarna kom från en gangster men om just de här pengarna var olagligt intjänade är svårt att veta.«

»Mitt förslag är att ni lämnar in det som hittegods, Om ingen gör anspråk på pengarna inom tre månader kan ni betrakta dom som era.« Med detta besked lät sig killarna nöjas. På hemvägen började de prata om observatoriet igen. Ingen hade varit där på flera veckor av olika anledningar. Nu räknade Ola ut att de kunde köpa ett nytt starkare teleskop för pengarna och starta upp verksamheten igen framåt våren. Erik nickade ivrigt. Det var precis vad han också tyckte. De tummade och gick vidare, nu på ett mycket bättre humör än tidigare. Väntan till maj skulle emellertid bli lång.

Dragan mådde också bra. Alla trodde han var på väg mot Uppsala, Arlanda eller Stockholm. I själva verket var han på väg att överlämna lasten som han ett tag trodde var förlorad. Nu kunde han hålla sitt ord om leverans. Han, Dragan var en man som.höll vad han lovade. Visserligen var Miroslav borta och det var tråkigt, men han fick faktiskt skylla sig själv. Det fanns många hemma som gärna ersatte honom. Huvudsaken var att han fick leverera lasten som det var sagt. En viss oro för polisen fanns i bakhuvudet men han misstänkte med rätta att vägspärrarna skulle ligga söderut och inte norrut.

Goran hade haft rätt när han misstrodde piloten Hans Schnell angående platsen där de skulle dumpa lasten. Luftfartsmyndigheten hade nått resultat som fler var intresserade av. Flygplanets navigationsutrustningen hade ett tekniskt fel. Dragan hade haft rätt om platsen som låg i Dalarna. Från Näs till platsen var det ca 3 mil. Där väntade man fortfarande på leveransen som aldrig kom. Efter sista samtalet med Dragan var i alla fall läget hoppfullt. Dragan var på väg.

Nu skulle han få triumfera. Troligen skulle han också få något för besväret? Det var vad han hoppades på i alla fall..

Ytterligare en optimist var på väg norrut, eller snarare nordväst. Serpento hade fått koordinaterna av Yves. Organisationen hade fått veta var mottagarna till knarkpartiet fanns. Någon hade avlyssnat ett samtal. Det skulle i alla fall röra sig om två män med kopplingar till en ökänd mc-klubb.

En skogsväg som slutade som timmerstig och ett mindre fält och en ödegård, var hans mål. Han körde in på den snöiga skogsvägen där han hittade ödegården.Serpento parkerade bilen på baksidan där den inte syntes från vägen, och lastade ur bilen. En ryggsäck och ett armborst, det var allt. Långsamt tog han upp föremålen och började sin vandring in mellan träden. Snön var på sina ställen svårforcerad men på Yves inrådan hade han skaffat ordentliga varma moonboots. Fysiken var det inte heller något problem med. Han var tränad och höll en stadig takt utan att bli andfådd.

Dragan/53

Strax före ankomsten stannade Dragan och drog fram Colaburken. En liten sträng på pekfingret snortades in. »Måste bli alert«? Den tidigare euforin hade mattats och han kände sig inte riktigt på topp längre. När drogen började verka igen blev det bättre. Han tog fram pistolen som han försökte sticka in under bältet. Blev trångt. »Gör om gör rätt«!

Han parkerade när han hittade något som liknade en p-plats. Passade på att slå en drill, knäppte byxorna, men nu med lite mer plats för vapnet. Körde vidare, samlad och på topp igen. Då och då sneglade han på Colaburkarna i baksätet. Han närmade sig avtagsvägen, svängde av och rullade in på skogsvägen. Lite snö här och där men inga problem egentligen. Det fanns däckspår efter ett fordon som kört före honom vilket också gjorde det lättare att forcera snön. En ödegård skulle finnas och det stämde. Han passerade gården utan att stanna. Längre fram glesnade träden och ett litet fält blev synligt. Han spanade efter aktivitet och efter en stund fick han syn på två motorcyklar. Två män syntes också och han blinkade med heljuset fast det inte behövdes. De hade sett honom.

Serpento tog sig fram lätt fast han egentligen inte var van vid den här typen av terräng. Han funderade mycket på varför Organisationen plötsligt ko-vänt i frågan om Don. Han kom inte på någon förklaring men Yves visste bäst helt säkert. Nu var i alla fall hans uppgift lite annorlunda. För att sätta en käpp i hjulet på den här Balkan-ligan hade han fått order om att ta »hem« lasten till vilket pris som helst. Han skulle behövt ett gevär. Då hade han »knallat« ner alla, hämtat knarket och blivit hjälte igen. Träden glesnade och han skymtade två motorcyklar som stod parkerade. Intill stod två män och gjorde åkarbrasor. Kylan kände han inte av själv. Han smög närmare från träd till träd. Stannade ibland och började krypa den sista biten. Avstånd ca 60 meter, lite långt men han kunde inte komma närmare utan att avslöja sig. Han stödde armborstet mot en fallen björkstam, monterade kikarsiktet och log. Han märkte inte salivsträngen i mungipan. Han var beredd.

Han parkerade bilen men satt kvar i den och väntade på att männen skulle komma fram. Efter en stund kom en av männen upp till bilen. En pistol var nedstucken i linningen. Dragan pekade mot baksätet och log. Mannen öppnade bakdörren och tittade på burkarna. Dragan klev ur bilen, tog den öppnade burken med sig och bjöd mannen. »Jag rör inte den skiten,« sa han i en nedlåtande ton. Han tog en ny burk från baksätet öppnade den sen gick allt väldigt fort. En svordom och plötsligt hade han en pistol i handen. Dragan drog fram sitt vapen . De bägge pistolerna avlossades simultant. Dragan som var en bra skytt träffade mannen i bröstet som segnade ner på marken. Själv kände han inte av sin skottskada först men märkte att det blev blött runt magtrakten. Han tittade ner och såg på blodet som rann i stadig takt. »Jävla idiot!«, skrek han och vände sig mot den andra mannen som nu kom springande med en pistol i handen. Dragan höjde sin pistol mot mannen som plötsligt föll omkull i snön. Dragan blev förvånad. Han hade inte skjutit. Mannen blev liggandes och Dragan närmade sig försiktigt. Det var konstigt. Det var något som inte stämde. Hade han fått en hjärtattack? Dragan vände på honom och såg blod, mycket blod. Mannen var död. Dragan linkade tillbaka till bilen och öppnade dörren. Han fick en hård smäll i ryggen och föll ihop bredvid bilen.

Tystnaden var total. Två män låg döda i snön. Allt hade gått så fort att han inte riktigt fattat vad som hänt. Det var inga problem att få en bra träff på mannen som sprungit mot bilen. Serpento gnisslade tänder och log lite. Dragan stod framåtlutad och stödde sig på bildörren. Han såg inte Serpeno som tog sikte och sköt. Det hade varit lätt. Han hade lyckats och nu var segern hans.Tre män låg döda på fältet. Burkarna stuvade han in i en kasse han hittade i en av motorcyklarnas packväskor. Han försåg sig även med en pistol, Burken som var öppnad låg på golvet i bilen och när han tog upp den kändes en svag doft av Coca Cola. Han lät den ligga och funderade på varför männen plötsligt blivit osams. Lättad över sin framgång återvände han till ödehuset och öppnade bakdörren till bilen. Kassen med burkar la han i baksätet. Armborstet lämnade han kvar efter att ha torkat av kolven från fingeravtryck. Han visslade på en känd italiensk schlager när han rattade ut till landsvägen.

Han fick för sig att den hette »Buona Sera Signorina«.

»Prima« hade skrivit den, men vad hette han i förnamn? Han återupptog visslandet. Han kom inte på namnet. Vägen var tom så han skickade ett sms innan han körde vidare söderut.

Bo/57

Alla var samlade. Tystnaden var ofta trevligt men nu var den oroande. Var fanns Serpento och Dragan. Spärrarna som upprättats hade inte givit något annat än en rattfylla och en oförsäkrad lastbil. Hult bestämde att alla spärrar skulle dras in. I övrigt skulle man vara på topp eftersom läget fortfarande var skarpt. Under eftermiddagen öppnades en av burkarna Bo lämnat in. Han hade varit förutseende och bytt ut burkarna i ett tidigt skede. Hansson luktade lite på pulvret som runnit ut på disken. Han kände igen produkten. Det var kokain. Han gratulerade Bo, gav honom en klapp i ryggen och sa att han skulle bli belönad på något sätt. Han hade gärna sett Dragans min när han upptäckte att han hade Coca Cola i stället för knark. Hult låste in det i kassaskåpet i väntan på transport till forensiska avdelningen i Linköping. Alfredsson gick över till konditoriet för att köpa bullar och tårta. Det var dags att fira framgången. Innan han gick ringde han en av kvällstidningarna för att informera. Det tog inte lång stund innan telefonerna gick varma. Andra distrikt hörde också av sig och gratulerade. Det kom blommor från olika håll. Mopedmannen kom också förbi och undrade om Don hade deponerat hyran till rummet som nu stod tomt. Hansson skakade på huvudet. Trots det blev det på det hela taget en lyckad eftermiddag på stationen, men läget var fortfarande nervöst.

Återigen kom det lilla samhället på första sidorna i Sverige. Utomlands, som notiser i nästan alla större dagstidningar. Det var de parallella historierna om knarkflyget och lönnmordet som lockade. I Italien hade Yves varit på toppmöte som hölls på ett av de större hotellen i Rom. Han hade fått beröm för sitt val av Serpento som torped. Denne hade verkligen skakat om ligan från Balkan. Tre döda. Två, av skott från ett armborst, en av pistolkula. Hur hade han burit sig åt? Det försvunna knarket nämndes inte. Det var för övrigt bara en droppe i havet. Man hade markerat och det var det som räknades. Serpento begrep senare att Colaburkarna inte innehöll knark. Han hade själv testat just efter sin lyckosamma aktivitet på «skjutbanan». Han hade druckit en halv burk och sedan väntat på kicken som aldrig kom. Det var då han fattade att det var vanlig Coca Cola. Då gapskrattade han, för humorlös var han inte, fast man kanske hade väntat sig det av en yrkesmördare. De som fick stå med lång näsa var också polisen som inte haffat bovarna. Just nu hade de ju mycket att göra men i långa loppet räknade de ändå med att avgå med segern. Polisen var i nuläget nöjd med att man kunde visa upp knarket som beslagtagits och därmed hindra vidare missbruk.

Det var med lättnad som de lämnade vandrarhemmet, Alla åkte till sitt och Don begav sig till mopedmannen som var intresserad av att inkassera hyra för en vecka. Lena hade lovat att bjuda på middag och hon sa också att hon hade en överraskning i bakfickan. Det lät lite spännande trots att han började känna sig lite för gammal för överraskningar. Han promenerade ändå ner till blomsteraffären och valde ut ett fång rosor som var lika röda som domherrens bröst på fågelbordet. Han hade för övrigt läst att man i Tyskland tidigare hade domherrar som burfåglar för att de kunde härma melodier. Det fanns särskila sångböcker som fågeln tränades upp med. En flöjt kunde vara inspirationskällan. Han hade börjat gilla domherren under tiden på vandrarhemmet och nu stod den för frihet och optimism. På eftermiddagen kostade han på sig en taxi till Lena som välkomnade med spisrosor på kinderna. Lill-Leo sprang fram till farfar och höll om hans ben tills Don lyfte upp honom och gav honom en kram.

Dragen vid näsan? Lite så kändes det trots att Serpento lyckats med sitt uppdrag. Yves var översvallande och lovade guld och gröna skogar så fort han återvänt till Italien. Själv hade han en besk smak i munnen. När han började tänka djupare på saken kom han på att hans uppdrag att likvidera Don var något som han hade varit viktigt för honom. En mission snarare än ett uppdrag. Det var hämnden för dumpningen i ån men även för en sönderslagen mun och en skidstav i huvet men mest för skammen han fått utstå.

I det ögonblicket bestämde han sig. Han skulle fullfölja uppdraget trots att Organisationen hade avblåst det. Det fick honom på gott humör och han kom till och med ihåg texten till låten. »Buonasera, signorina, buonasera.

»Come è bello stare a Napoli e sognar Mentre in cielo sembra dire »buonasera«

La vecchia luna che sul Mediterraneo appar.« Han sjöng högt, överröstade hjulens brummande mot asfalten, överröstade också den lilla känslan av tvivel som smygit sig in. Nu var prio ett att byta färdmedel. Bilen var efterlyst. Han var efterlyst. Det gällde att hålla en låg profil och det vara han bra på.

Dons gåva/61

Middagen var delikat. Överraskningen var ett brev från Ziaa som Don ville läsa när han kom hem, om man nu kunde kalla det hem. Rummet hos Ture var litet, snålt möblerat, med en säng, en stol och en religiös tavla som enda väggprydnad. Han började mer och mer inse, att han nu, när allt lugnat ner sig, måste hitta ett nytt boende. Dons polisbevakning inskränkte sig till några timmar där Hansson och han spelade några parti schack. Strax innan Hansson lämnade fick han ett minde paket, som tack för all hjälp Don fått under sin tid i Sverige och eftersom han nu var svärfar tyckte han det kunde passa med en lite mer personlig present. Hansson tackade och efter en stunds tjat insåg han att Don inte skulle ta tillbaka paketet. Han gav upp, gav Don en klapp på axeln och återvände till stationen. Polisiärt var allt i stort sett avslutat. Kokainet var beslagtagit och morden uppklarade. Att Serpento skulle dröja sig kvar höll man för uteslutet.

Det var viktigt att inte ha bråttom. Allt skulle få ta tid som behövdes för en framgångsrik jakt. Där hade han rätt Yves, ja, han hade lärt sig mycket av honom och nu skulle den kunskapen användas. Han var utsatt. Polisen hade antagligen foto på honom så de kirurgiska ingreppen fyllde ingen större funktion. Han bestämde att det var dags för en ny maskering. Han skulle förändra så mycket som möjligt med små medel, ett ansikte med tillhörande glasögon ändrade signalementet avsevärt, en glasögonprydd kvinna skulle höja oddsen ytterligare. Hade han maskerat sig som kvinna någon gång? Svaret var nej! Han ville inte spöka ut sig! Men om det nu gav framgång? Ja, då skulle det oneklingen vara värt det. Var kunde han hitta de kläderna? Han funderade länge och kom till en slutsats. Inbrott!

Han väckte en viss munterhet på pizzerian. Han var tvungen att äta men fick mer än önskad uppmärksamhet från det lokala buset. Han uppfattade ordet transvestit(transvestito italienska) och sen var slagsmålet i gång. Både Hansson och Alfredsson fanns i närheten. Båda två blev ytterligt förvånade över fångsten de gjort. »You are arrested for murder«, sa Alfredsson i ett försök att imitera en känd tv-polis. Serpento skrattade konstigt nog. Varken Hansson eller Alfredsson förstod varför.

Brevet/64

Det talade till honom. Brevet, ett ark med 6 rader. Hon kom ihåg. Återigen var han i Provence och kände dofterna av mandelträden, hörde de starka ljuden från smedjan. Vilket nöt han hade varit. Han läste,

Kära Stefano!
jag är för närvarande i Frankrike
min bror Salvatore är död,
sorgen gränslös
jag är här på gården,
ensam
jag vill bo här
kommer du?

Han reste sig från sängen, gick fram till resväskan och började packa.

Polisen från Dalarna hade hört av sig. De hade hittat en » slaktplats« och det som var intressant i det hela var att två av de tre offren blivit skjutna i ryggen med armborst på samma sätt som Pärn. Sambandet var tydligt och klart. Serpentos erkännande kom inte heller som någon överraskning Identiteten på mc killarna var klarlagd och med information från Hansson fick man även namnet Dragan vars fingeravtryck hade säkrats på olika föremål i stugan vid Näs.

Hult kallade till möte och med sig hade han en tårta i en kartong. Från polismästaren i länet, log han. »Han är mycket nöjd!«. Alfredsson satt på kaffe, dukade fram koppar och fat och ordnade fram en tårtspade medan han belåtet nynnade på en schlager som ingen av de närvarande kände igen. Möjligtvis eftersom han var tondöv. Mona log i alla fall men det var nog mest för att hon sluppit göra kaffe och duka. Ett blomsterbud dök upp lite senare med blommor från landshövdingen, vilket alla tyckte var lite underligt. Slutligen gick var och en in till sitt för att skriva rapport. Hansson plockade fram asken han fått av Don och i lampans sken spreds ljuva reflexer längs väggarna. Framför honom på bordet låg en Rolexklocka i guld.